ABRAÇANDO UMA NOVA VIDA
O DESPERTAR DE VALENTINA

Editora Appris Ltda.
1.ª Edição - Copyright© 2022 da autora
Direitos de Edição Reservados à Editora Appris Ltda.

Nenhuma parte desta obra poderá ser utilizada indevidamente, sem estar de acordo com a Lei nº 9.610/98. Se incorreções forem encontradas, serão de exclusiva responsabilidade de seus organizadores. Foi realizado o Depósito Legal na Fundação Biblioteca Nacional, de acordo com as Leis nos 10.994, de 14/12/2004, e 12.192, de 14/01/2010.

Catalogação na Fonte
Elaborado por: Josefina A. S. Guedes
Bibliotecária CRB 9/870

P667a
2022

Pires, Fabiana Lasta Beck
   Abraçando uma nova vida: o despertar de Valentina / Fabiana Lasta Beck Pires. - 1. ed. - Curitiba: Appris, 2022.
   32 p. : il. color ; 21 cm.

   Inclui bibliografia.
   ISBN 978-65-250-2427-1

   1. Ficção infantojuvenil. 2. Proteção animal. 3. Infância. 4. Educação. I. Título.

CDD – 028.5

Editora e Livraria Appris Ltda.
Av. Manoel Ribas, 2265 – Mercês
Curitiba/PR – CEP: 80810-002
Tel. (41) 3156 - 4731
www.editoraappris.com.br

Printed in Brazil
Impresso no Brasil

Fabiana Lasta Beck Pires

ABRAÇANDO UMA NOVA VIDA
O DESPERTAR DE VALENTINA

FICHA TÉCNICA

EDITORIAL
Augusto V. de A. Coelho
Marli Caetano
Sara C. de Andrade Coelho

COMITÊ EDITORIAL
Andréa Barbosa Gouveia (UFPR)
Jacques de Lima Ferreira (UP)
Marilda Aparecida Behrens (PUCPR)
Ana El Achkar (UNIVERSO/RJ)
Conrado Moreira Mendes (PUC-MG)
Eliete Correia dos Santos (UEPB)
Fabiano Santos (UERJ/IESP)
Francinete Fernandes de Sousa (UEPB)
Francisco Carlos Duarte (PUCPR)
Francisco de Assis (Fiam-Faam, SP, Brasil)
Juliana Reichert Assunção Tonelli (UEL)
Maria Aparecida Barbosa (USP)
Maria Helena Zamora (PUC-Rio)
Maria Margarida de Andrade (Umack)
Roque Ismael da Costa Güllich (UFFS)
Toni Reis (UFPR)
Valdomiro de Oliveira (UFPR)
Valério Brusamolin (IFPR)

ASSESSORIA EDITORIAL
Renata Cristina Lopes Miccelli
Lucas Casarini

REVISÃO
Mônica de Souza Trevisan
Renata Cristina Lopes Miccelli

PRODUÇÃO EDITORIAL
Raquel Fuchs

DIAGRAMAÇÃO
Bruno Ferreira Nascimento

CAPA
Milena Celetti

ILUSTRAÇÃO
Escola Pindorama

COMUNICAÇÃO
Carlos Eduardo Pereira
Karla Pipolo Olegário

LIVRARIAS E EVENTOS
Estevão Misael

GERÊNCIA DE FINANÇAS
Selma Maria Fernandes do Valle

APRESENTAÇÃO

Nossos livros reúnem histórias reais vividas no contexto de Panambi e celebram o encontro entre o Humano e o animal. Somente o Humano pode modificar a situação dos animais de rua, tirando-os da invisibilidade e conferindo-lhes uma nova chance.

Mais que retirá-los da rua, o foco do Projeto Educar para não abandonar, realizado em parceria com a Organização não Governamental (ONG) Amar, é prevenir as situações de abandono, e isso só pode ser feito com medidas educativas.

Foi justamente por isto que demos asas ao projeto de publicação de histórias de resgate vivenciadas pela ONG: para podermos levá-las às escolas e plantar a semente do bem com as crianças, almejando um futuro mais digno aos animais de rua. Esta edição é recheada de amor e doçura, pois foi contada na Escola Estadual de Ensino Médio Pindorama e ilustrada por estudantes dos anos iniciais do ensino fundamental em 2019. Nosso agradecimento especial às crianças que participaram desta obra, dando vida a esta história.

A nossa luta é em prol de uma geração mais consciente e responsável, agindo para que muitos dos problemas hoje vividos possam ser evitados futuramente.

O caminho é a educação e a conscientização...

A AUTORA

Fabiana Lasta Beck Pires (Crissiumal, 12/11/1977) é pedagoga, docente da educação básica, técnica e Tecnológica do Instituto Federal Farroupilha, campus Panambi, e voluntária da causa animal. Reside em Panambi-RS e coordena o Projeto de Extensão "Educar para não abandonar", que tem como premissa a conscientização dos estudantes dos anos iniciais da educação básica acerca da proteção e respeito pela vida animal. Atua na Organização não Governamental (ONG) Amar, de Panambi-RS, resgatando e reabilitando animais de rua para que sejam reintegrados à sociedade por meio da adoção responsável. Essa experiência, aliada aos conhecimentos da Pedagogia, fez com que tivesse início a medida educativa e preventiva de situação de abandono e maus tratos, buscando amenizar o número de ocorrências desses episódios em um futuro próspero. Em 2019, intensificou as intervenções pedagógicas nas escolas, usando o instrumento mais poderoso para a transformação social: a educação.

NOTAS INICIAIS

O meu primeiro nome é Esperança; o segundo, Milagre; e o terceiro, Valentina! Lendo a minha história, vocês entenderão o motivo de uma cusca só ter tantos nomes! É que, na verdade, todos eles falam um pouco sobre mim e sobre tudo o que passei até poder renascer. Vou lhes contar o quanto o amor é transformador e agradecer pela chance recebida! Hoje sou feliz, bem feliz e, se um dia estive muito magra e debilitada, agora, na verdade, estou precisando de uma rotina fitness, pois os anos de boa vida me deixaram rolicinha. Vem comigo conhecer mais uma história de superação?

ERA PARA SER UMA QUARTA-FEIRA QUALQUER, MAS ELA COMEÇOU BEM AGITADA! SABEM POR QUE, CRIANÇAS? PORQUE O PEDIDO DE SOCORRO VEIO DE UM SARGENTO DO CORPO DE BOMBEIROS, TRAZENDO UM DOS CASOS MAIS <u>HORRENDOS</u> DE VIOLÊNCIA ANIMAL QUE ACONTECEU NO MUNICÍPIO DE PANAMBI, RS.

NÃO ME RECORDO MUITO BEM DA SEQUÊNCIA DOS FATOS, POIS A MEMÓRIA CANINA É SELETIVA, GUARDANDO APENAS AQUILO QUE LHE INTERESSA. O QUE LHE CAUSA DOR, ELA COSTUMA DELETAR OU JOGAR PARA O CANTINHO DO ESQUECIMENTO.

DISSE, O BOMBEIRO, QUE SE TRATAVA DE UMA CADELA ABANDONADA, MUITO DOENTE, NA BEIRA DO <u>RIO FIÚZA</u>, DENTRO DE UMA BOLSA. UM CASAL DE CICLISTAS QUE PASSAVA POR LÁ, JUNTAMENTE A UMA PESSOA QUE PRESTAVA SERVIÇO PRÓXIMO DALI, OUVIU UM BARULHO. NA VERDADE, ERA UM PEDIDO DE SOCORRO DE UMA INOCENTE QUE AINDA LUTAVA PELA VIDA, MESMO NA DIFÍCIL SITUAÇÃO EM QUE SE ENCONTRAVA.

AUAUAUUUUU!

CÃOFESSO QUE NÃO TINHA MAIS FORÇAS NEM PARA UIVAR POR SOCORRO E SABIA QUE OS MEUS GEMIDOS TINHAM POUCA CHANCE DE SEREM OUVIDOS POR ALGUÉM NAQUELE LUGAR <u>ERMO</u>. FOI ENTÃO QUE, TOMADA DE MUITA CORAGEM DE VIVER, ENCHI OS MEUS PULMÕES E SOLTEI AQUELE SOM QUE AUGUÉM DE BOM CORAÇÃO TERIA DE OUVIR. E DEU CERTO! UFA!

A PESSOA QUE FEZ AQUILO COMIGO SABIA BEM O QUE QUERIA, POIS, ALÉM DE ME COLOCAR EM UM SACO, LARGOU-ME DENTRO DO RIO. COMO PODE ALGUÉM PREMEDITAR ISSO, ME DIGAM? NÃO SEI QUANTO TEMPO EU RESISTIRIA NAQUELA SITUAÇÃO. ENTÃO, OUVINDO O MEU GRITO DESESPERADO POR SOCORRO, ELES RAPIDAMENTE ME SOLTARAM E PERCEBERAM ALGO AINDA PIOR! EU SIMPLESMENTE NÃO ME MEXIA, TAMPOUCO PODIA CAMINHAR! ISSO DESPERTOU A SUSPEITA DE QUE HAVIA ALGUM PROBLEMA EM MINHA COLUNA. SERÁ?

MEUS OLHOS JÁ NÃO ERAM MAIS OS MESMOS, E EU SENTIA QUE ENXERGAVA ATRAVÉS DE UMA ESPÉCIE DE PELÍCULA, EM FUNÇÃO DE UMA SECREÇÃO QUE ESFUMOU A MINHA VISÃO. FUI SOCORRIDA, E A ONG AMAR ASSUMIU OS MEUS CUIDADOS. FOI AÍ QUE VEIO A CONSTATAÇÃO DA GRAVIDADE DO MEU CASO, ALÉM DE UMA SUSPEITA AVASSALADORA EM RELAÇÃO AO MEU DIAGNÓSTICO: ESTAVA COM UMA DOENÇA CHAMADA MIÍASE E SUSPEITA DE CINOMOSE.

O MEU CASO TROUXE MUITA DOR E SOFRIMENTO ÀS VOLUNTÁRIAS DA ONG E À EQUIPE MÉDICO-VETERINÁRIA QUE CUIDOU DE MIM. EM MEU PERÍODO DE INTERNAÇÃO, OUVI-LAS DIZER QUE VIDAS NÃO PODEM SER TRATADAS COMO LIXO A SER DESCARTADO, QUE EU PROVAVELMENTE TINHA UM TUTOR QUE, AO ME VER DOENTE, AO INVÉS DE PEDIR AJUDA, ABANDONOU-ME PARA SE LIVRAR DE UM PROBLEMA.

NÃO QUERIA SER CONFUNDIDA COM UM AMONTOADO DE LIXOS! SE EM ALGUM MOMENTO PARECI-ME COM LIXO, FOI PORQUE FUI DESPREZADA E TRATADA COMO TAL. SOU UM SER VIVO, SABIAM? EMBORA EU ESTIVESSE MUITO MAL, AINDA RESPIRAVA E LUTAVA PELA MINHA VIDA.

BICHO SENTE AS MESMAS DORES QUE VOCÊS, CRIANÇAS, SABIAM? POR ISSO, SOMOS CHAMADOS DE <u>SENCIENTES</u>, DOTADOS DE NATUREZA BIOLÓGICA E EMOCIONAL, PASSÍVEIS DE SOFRIMENTO. ENTÃO, IMAGINEM A MINHA DOR, COM UM MONTE DE MACHUCADOS EM MEU CORPO MAGRO, ALÉM DE UMA ALMA FERIDA E HUMILHADA. O TEMPO FOI PASSANDO LENTAMENTE, E A EQUIPE VIVIA UM DIA DE CADA VEZ. COMO SERIA O DIA DE AMANHÃ? NINGUÉM SABIA!

A SUSPEITA INICIAL EM MEU DIAGNÓSTICO FOI CONFIRMADA, E O MEU QUADRO DE <u>PARALISIA</u> DEU-SE REALMENTE EM FUNÇÃO DA CINOMOSE. O PRIMEIRO PASSO FOI CONTER A <u>INFECÇÃO</u>, OCASIONADA PELA MIÍASE. AS LARVAS QUE FIZERAM A FESTA EM MEU CORPO INERTE ERAM TÃO, MAS TÃO GRANDES, QUE FOI MUITO CUSTOSO EXPULSÁ-LAS DE MIM, MOSTRANDO QUE O MEU CORPO NÃO MAIS A ELAS PERTENCIA.

AS NOTÍCIAS NÃO ERAM ANIMADORAS, E LOGO FOI POSSÍVEL PERCEBER QUE SE TRATAVA DE UM DOS CASOS MAIS COMPLEXOS QUE A ONG JÁ RESGATOU. QUANDO CHEGUEI À CLÍNICA MÉDICO-VETERINÁRIA, SEQUER SUSTENTAVA A MINHA CABEÇA, TAMANHA FALTA DE FORÇA QUE EU SENTIA. PACIENTEMENTE, A EQUIPE VETERINÁRIA ME ESCORAVA, SERVINDO DE MULETA PARA MIM. MESMO DIANTE DE TODA AQUELA SITUAÇÃO, EU SENTIA UMA GANA DE VIVER E ESFORÇAVA-ME PARA RETRIBUIR TODO AMOR E CARINHO QUE ADVINHA DELA. NUNCA, EM TODA A MINHA VIDA, HAVIA EXPERIMENTADO TAL SENTIMENTO. ENTÃO EU COMIA, RASPAVA TODO O MEU PRATINHO, E ISSO AS DEIXAVA FELIZES DEMAIS! TER APETITE É UM ÓTIMO SINAL DE RECUPERAÇÃO, SABIAM?

FOI JUSTAMENTE EM FUNÇÃO DA MINHA BRAVURA E VONTADE DE ME RECUPERAR QUE GANHEI UM NOME FORTE, QUE DIZ MUITO DE MIM: VALENTINA. DEPOIS DESSA CHANCE QUE TIVE, FIZ JUS A CADA CUIDADO QUE DESTINARAM A ESTA CADELA GRANDE EM TODOS OS SENTIDOS: TAMANHO, SENTIMENTO E GARRA!

POIS BEM! HÁ PESSOAS QUE CREEM EM MILAGRES E HÁ AQUELAS QUE NÃO, MAS, APÓS O MEU PROCESSO DE RECUPERAÇÃO, IMPOSSÍVEL NÃO ACREDITAR EM UMA FORÇA MAIOR QUE NOS MOVE E NOS EMPURRA PARA A FRENTE. EM CINCO DIAS, EU JÁ NÃO PRECISAVA DE MINHA ESCORA PARA COMER E FUI CONSEGUINDO SUSTENTAR O MEU PESCOÇO NOVAMENTE. NEM LEMBRAVA COMO ERA BOM TER O PRATO TRANSBORDANDO DE COMIDA E VER ALGUÉM FELIZ POR ME VER COMER, AO CONTRÁRIO DE FICAR UIVANDO E IMPLORANDO POR UMA COMIDA QUE HÁ DIAS NÃO CHEGAVA. A FOME E A FALTA DE NUTRIENTES DEVEM TER ACELERADO A EVOLUÇÃO DA MINHA DOENÇA.

O MEU ANJO GUARDIÃO TRABALHOU DOBRADO NO MEU CASO, SÓ PODE, VIU? E DEVE TER BUSCADO REFORÇO, POIS ERA COMO SE UMA MULTIDÃO REPLETA DE LUZ IMPULSIONASSE-ME PARA CIMA. ISSO OCORRE QUANDO MUITAS PESSOAS DO BEM UNEM-SE EM ORAÇÃO, FORMANDO UMA GRANDE CORRENTE DE AMOR E CURA!

PASSADOS 10 DIAS, VEIO MAIS UM MILAGRE: UMA FOTO ENVIADA PELA EQUIPE VETERINÁRIA CÃOMIGO COMENDO EM PÉ! PODE ISSO, MINHA GENTE? AINDA FALTAVA FORÇA EM MINHAS PERNAS MAGRAS, PORÉM ELAS JÁ COMEÇAVAM A SE FORTALECER. SABEM O QUE ERA USADO NAS MINHAS SESSÕES DE FISIOTERAPIA? UM LENÇOL, ESTRATEGICA-MENTE COLOCADO EM MINHA BARRIGA E PUXADO POR UMA HUMANA PRA LÁ DE ESPECIAU, QUE AJUDOU MUITO EM MINHA RECUPERAÇÃO: A ENFERVET TIA DARLA! ISSO SERVIU DE SUPORTE E FORTALECEU AS MINHAS PATAS NOVAMENTE!

JÁ SEI O QUE VOCÊS ESTÃO PENSANDO: QUE A PRÓXIMA FASE FOI EM UMA CADEIRA DE RODAS, NÉ? ERROU! FUI TÃO VALENTE QUE NEM PRECISEI DELA! PULEI DE FASE, ASSIM, Ó, NUM PISCAR DE OLHOS! DA MARCHA LENTA, FUI AOS TROTES CADA VEZ MAIS SEGUROS. IMPOSSÍVEL NÃO EMOCIONAR ATÉ O CORAÇÃO HUMANO MAIS DURO!

AS TITIAS CONTARAM QUE O MEU CASO REPERCUTIU BASTANTE, TOCANDO O CORAÇÃO DE MUITAS PESSOAS DE BOA ÍNDOLE QUE, UNIDAS, AJUDARAM-ME A FICAR BEM NOVAMENTE. ESSAS PESSOAS JUNTAM-SE NA LUTA DAQUELES QUE NÃO TÊM VOZ. A CAUSA ANIMAL TEM GANHADO DESTAQUE DIA APÓS DIA MEDIANTE O REGISTRO DE CRIMES COMO O QUE FOI COMETIDO COMIGO.

FUI ABANDONADA DOENTE, MUITO MAL, SEM A MENOR CHANCE DE BUSCAR AJUDA. CHEGUEI AO FUNDO DO POÇO, MAS SOBREVIVI GRAÇAS ÀQUELES QUE NÃO SE CONFORMARAM COM TAL CENÁRIO. ERA O QUADRO DA TRISTEZA, DO DESPREZO POR UMA VIDA, DO ABANDONO CRUEL DE UMA INOCENTE.

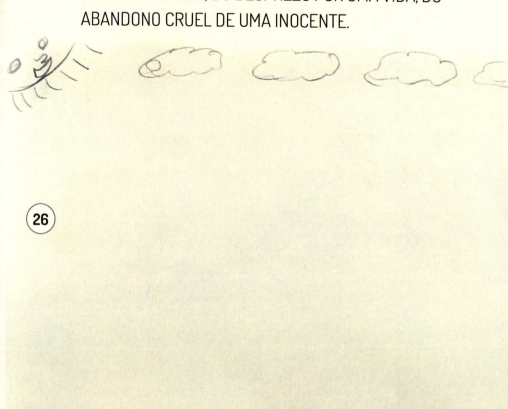

VOCÊS DEVEM ESTAR CURIOSOS PARA SABER O PRÓXIMO CAPÍTULO DESTA HISTÓRIA, NÃO É? RECEBI ALTA, E, ENTÃO, CÃOMEÇOU A BUSCA POR UM LAR TEMPORÁRIO PARA MIM. ESSE É UM DOS MOMENTOS MAIS TENSOS, POIS, EM FUNÇÃO DE MEU TAMANHÃO, EU NÃO POSSUÍA AQUELE PERFIL FÁCIL DE ADOÇÃO. ALÉM DISSO, EU ESTAVA UM POUCO NERVOSA POR TUDO O QUE HAVIA PASSADO E NÃO INTERAGIA BEM COM OS OUTROS IRMÃOS CANINOS.

MESMO ASSIM, ME FOI CONCEDIDA UMA CHANCE: A DE UM LAR MUITO ESPECIAL, O QUAL HAVIA PERDIDO UM PELUDO HÁ POUCO TEMPO. COLOCARAM UM <u>ALAMBRADO</u> PARA EU IR ME ACOSTUMANDO COM O OUTRO CANINO DA CASA, E FOMOS INTERAGINDO DE BOA, MAIS RÁPIDO QUE A PREVISÃO SUPUNHA! LOGO, NÃO HAVIA MAIS ALAMBRADO ALGUM, O PÁTIO ERA DIVIDIDO POR NÓS SEM BRIGAS OU DISPUTAS TERRITORIAIS. À MODA CANINA, ACEITAMOS AS NOSSAS DIFERENÇAS, ELE SENDO PEQUETITO, E EU, GG. SERÁ QUE PRECISO DIZER QUE FIZ MORADA ETERNA NO CORAÇÃO DESSA LINDA FAMÍLIA? DAQUI, NÃO SAIO NUNCA MAIS!

ESPERO QUE TENHAM CURTIDO A MINHA HISTÓRIA E QUE ELA SIRVA DE LIÇÃO PARA QUE OCORRÊNCIAS COMO A MINHA POSSAM SER EVITADAS. SEMPRE HÁ UM JEITO PARA CONTORNAR AS SITUAÇÕES, MAS JAMAIS UTILIZANDO A VIA DO ABANDONO. O ABANDONO DÓI, MACHUCA, MATA AOS POUCOS, POR DENTRO E POR FORA DA GENTE. QUE O AMOR PELOS ANIMAIS MULTIPLIQUE-SE CADA VEZ MAIS, ESPALHANDO LUZ EM UM MUNDO CARENTE DELA!

LAMBEIJOS CHEIOS DE GRATIDÃO E ESPERANÇA, VALENTE(INA)!

GLOSSÁRIO[1]

ALAMBRADO: NOME DADO À CERCA DE ARAME UTILIZADA PARA DEMARCAR OS LIMITES OU PROTEGER UM TERRENO.

CINOMOSE: DOENÇA ALTAMENTE CONTAGIOSA PROVOCADA PELO VÍRUS CDV, OU VÍRUS DA CINOMOSE CANINA.

CRIME: DELITO, DESCUMPRIMENTO DA LEI. MAUS TRATOS AOS ANIMAIS, DE ACORDO COM A LEI N.º 9.605, DE 12 DE FEVEREIRO DE 1998, TAMBÉM É CRIME.

ERMO: DIZ-SE DE LUGAR DISTANTE, AFASTADO, SEM NINGUÉM.

HORRENDO: CARACTERIZADO PELO EXCESSO DE MALDADE, PAVOROSO.

ÍNDOLE: MODO PRÓPRIO, PARTICULAR DE SER.

INFECÇÃO: DOENÇA CAUSADA PELA ENTRADA E DESENVOLVIMENTO DE AGENTES PATOGÊNICOS (VÍRUS, FUNGOS, PROTOZOÁRIOS OU BACTÉRIAS) QUE INVADEM O ORGANISMO POR VIA SANGUÍNEA, INOCULANDO, NO SANGUE, SUAS TOXINAS.

---

[1] As definições deste glossário, em sua maioria, foram elaboradas com a ajuda do dicionário online Dicio. Disponível em: https://www.dicio.com.br/. Acesso em: set. 2021.

MIÍASE: DOENÇA CAUSADA PELAS LARVAS DE VÁRIAS ESPÉCIES DE MOSCAS.

ORGANIZAÇÃO NÃO GOVERNAMENTAL (ONG): É UMA ENTIDADE ORGANIZADA POR PESSOAS DA SOCIEDADE CIVIL, SEM FINS LUCRATIVOS, COM O PROPÓSITO DE DEFENDER UMA CAUSA.

PARALISIA: INTERRUPÇÃO COMPLETA DO MOVIMENTO VOLUNTÁRIO DE UM MÚSCULO CAUSADA POR UMA LESÃO NEUROLÓGICA.

RIO FIÚZA: RIO LOCALIZADO PARTE NO MUNICÍPIO DE PANAMBI-RS E PARTE NO MUNICÍPIO DE SANTA BÁRBARA DO SUL, PERTENCENTE À BACIA DO RIO IJUÍ (SILVA, 2006).

REFERÊNCIAS PARA CONSULTA

BRASIL. **Lei n.º 9605, de 12 de fevereiro de 1998**. Dispõe sobre as sanções penais e administrativas derivadas de condutas e atividades lesivas ao meio ambiente e dá outras providências. Disponível em: http://www.planalto.gov.br/ccivil_03/leis/l9605.htm. Acesso em: 3 set. 2021.

SILVA, C. Características da Bacia Hidrográfica do Rio Fiúza. **In:** SILVA, C. **Caracterização da Bacia do rio Fiúza para Aplicação na Prevenção de Enchentes**. [S.I.]: Unijuí, 2006. Disponível em: http://www.projetos.unijui.edu.br/petegc/wp-content/uploads/2010/03/TCC-Celso-da--Silva.pdf. Acesso em: set. 2012.